Pancho Montana

Un viaje inesperado

por
Francisco E. Rodríguez

PRESS
Building a Bridge
Between Cultures

Pancho Montana

© texto por *Francisco E. Rodríguez*
Ilustraciones por *Pedro Baldriche*

SpanPress®, Inc
5722 S. Flamingo Rd. #277
Cooper City, Fl 33330

Diseñado por *Rolando Martinez & Hernan Vanegas*
Diseño de cubierta: Ad Communications

ISBN# 1-887578-45-5

Impreso en los EE.UU. - Printed in the USA
Imprime: Trade Lithos, Inc
7 6 5 4 3 2 1 TL 10 99 98 97

Dedicatoria

A todo niño de habla hispana que llega a Estados Unidos, con la esperanza de que llegue a amarlo tanto como yo, sin olvidar su patria.

A todo padre y madre que ha tenido que sacrificarlo todo con tal que su hijo respire el aire de la libertad.

Frank

Contenido

Acerca de Francisco E. Rodríguez   1

Introducción   3

Capítulo 1   Adiós a mi balcón   5

Capítulo 2   Hola Miami   7

Capítulo 3   ¿Montana?   15

Capítulo 4   Libby   31

Capítulo 5   La vida en Montana   45

Epílogo   52

Acerca de Francisco E. Rodríguez

Pancho Montana es una autobiografía de un episodio en la vida de un niño que tuvo que irse de su país en 1961.

A pesar de haberse educado en Estados Unidos, valora que la educación bilingüe que recibió le permitió no perder su idioma, y por ello considera que tiene un mensaje para los niños que llegan de inmigrantes.

Después de muchos años, el autor llegaría a ser editor de libros de texto en las más prestigiadas casas editoriales de Estados Unidos, trabajando en infinidad de libros en inglés y en español.

Su deporte favorito, el béisbol, le sirvió de acicate para conocer la geografía de Estados Unidos, y su agudo sentido de la historia, le permitió, a pesar de su poca edad, poner en contexto los tremendos acontecimientos históricos que estaban sucediendo a su alrededor.

Introducción

La vida tiene grandes sorpresas para todos. Es impredecible y en extremo dura en ocasiones. El futuro que uno cree que tendrá en su país, no siempre llega a convertirse en realidad.

Como en una catapulta, el niño de este cuento salió impulsado hacia otra cultura. Tuvo que defenderse como pudiera. Su adaptación al nuevo medio es el tema de este libro.

1

Adiós a mi balcón

Cuando yo tenía doce años, mis padres nos pusieron a mi hermana y a mí en un avión. De la noche a la mañana, mi mundo cambió. Había pasado una revolución en Cuba. Yo vivía al lado de la Universidad de La Habana, y al lado del canal 4 de televisión. Yo había visto pasar muchas cosas desde el balcón de mi casa, pero no estaba preparado para lo que venía.

Yo me quería ir de Cuba, porque ya en la escuela yo no podía decir lo que yo pensaba, pues todas las escuelas tenían que seguir lo que decía Fidel Castro.

Las lágrimas cubrían mis ojos, y desde la ventanilla del avión pude ver un grupo de palmas reales, que son el símbolo de Cuba. Me prometí nunca dejar de pensar en mi país, ni nunca olvidar que era cubano.

2

Hola Miami

Llegué al aeropuerto de Miami y vi un cartel que decía "Niños cubanos solos por aquí".

Me llevaron a un lugar donde habían muchos otros cubanitos como yo. Los niños dormían en literas en un salón muy largo, y las niñas en otro salón. A mi me tocó la litera número 8, una de arriba.

Me sentí muy mal. Pensé que nunca más vería ni a mis padres ni a mis abuelos. Me pasaba el día llorando y pensando en qué sería de mí. Mi único consuelo era que estaba con mi hermana, Nuchi, dos años mayor que yo. En Cuba, Nuchi y yo peleábamos, pero en Miami éramos el uno para el otro.

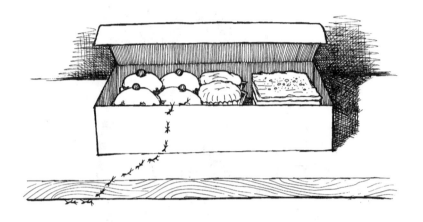

A los once días de estar allí me di cuenta de que
los dulces que mi madre me había dado en el
aeropuerto todavía estaban en la taquilla 8. En
Cuba los dulces no duraban un segundo cerca de
mí. Cuando fui a buscarlos, estaban llenos de
hormigas. También me di cuenta de que no me
había bañado en todo este tiempo.

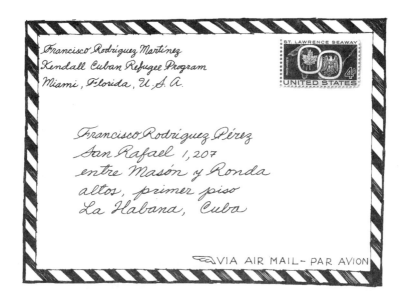

Mis padres no podían salir de Cuba. En este sitio, llamado Kendall, el gobierno nos daba dos dólares cada viernes. Reunimos dinero y mandamos veinticinco a mi padre en una carta, que era lo que costaba el boleto de avión. Pero no podían venir. Mi tía María Luisa de vez en cuando nos llevaba a casa de mi primo Jorge. Jorge tenía a su mamá pero yo no.

En el Kendall estaban todas las niñas y los varones de menos de trece años. Los de trece para arriba iban al campamento Matecumbe.

Yo tenía horror, pánico a que me mandaran al Matecumbe, un sitio apartado, entre pinos, donde se decía que cuando uno llegaba el primer día le hacían la novatada.

Se trataba de "la silla eléctrica" que era amarrarte a una silla y tirarte en la piscina. También los niños te robaban las cosas y te hacían otras maldades.

Cada viernes, hacían la redada para llevarse a los varones mayores de doce años. Mi hermana me escondía detrás de la iglesia o entre las matas, el asunto era quedarme en mi Kendall querido.

Nos cuidaban un matrimonio gallego, los Porto, que pronto se dieron cuenta de que yo me escondía cada viernes, pero no me delataron. También nos cuidaba el cura Oriol, catalán de mucho genio, y el padre cubano Luis Pérez, mucho más simpático y relajado. Llegué a tener buenos amigos en Kendall.

También nos daban clases de inglés. Aprendí la canción "By the Light of the Silvery Moon." Por suerte, yo, en Cuba, iba a una escuela bilingüe, así que ya sabía algo de inglés, aunque lo hablaba como Tarzán.

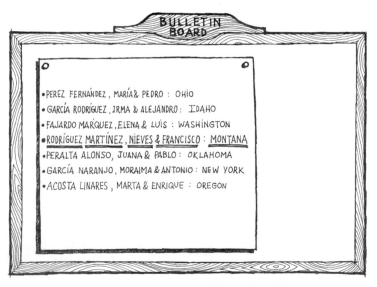

Rodríguez Martínez, Nieves & Francisco: Montana

En una pared cada viernes ponían los nombres de los niños que iban a salir de Kendall para casas de familias norteamericanas que se habían dado de voluntarias para que los niños vivieran con ellas.

Pero pasaban los meses, desde agosto hasta octubre, y nosotros seguíamos en Kendall. Resulta que el gobierno estaba buscando colocar a los niños que eran parejas de hermano y hermana en una misma casa. Por eso se demoraba tanto. Pero al fin llegó el día en que apareció nuestro nombre.

3

¿Montana?

¡Montana! ¿Dónde rayos queda eso?

Mi hermana no sabía ni nadie tenía un mapa. Hablamos con mis tías Nilda y Teresa y nos dijeron que quedaba lejos.

Estando en el aeropuerto de Miami, a las tres de la mañana, se aparece Nilda y dice —Panchito, Nuchi, salgan para acá que madrina está abajo con el pie en el acelerador para sacarlos de aquí, ustedes no se pueden ir a Montana, no podemos permitirlo.

—¿Cómo es eso de que nos van a secuestrar? Mira Nilda, dile a tía madrina que saque el pie del acelerador que nosotros nos vamos a Montana.

El avión de Delta paró en Cincinnati. Yo conocía Cincinnati, pues los Havana Cuban Sugar Kings eran el equipo de pelota sucursal de los Rojos de Cincinnati en Cuba. Así que me sentía bien y confiado. Éramos ocho niños, cuatro parejas de hermana y hermano, y yo era el que más inglés sabía.

El avión entonces aterrizó en Detroit. Yo conocía Detroit por los Tigres. Cuando bajamos la escalerilla, sentimos por primera vez lo que es aire frío. Estuvimos unas horas. Yo llevé a los varones al baño, donde descubrimos cómo "bailar el limbo", pues había que pagar diez centavos para entrar.

Siguió por fin el avión a Milwaukee, hogar de los Bravos, y luego a Minneapolis. Minneapolis había jugado por el campeonato de triple A contra los Sugar Kings y le habíamos ganado en La Habana en 1959, y yo había estado en el Estadio del Cerro en el primer y séptimo juegos.

Pero entonces el avión partió hacia Bismark, Fargo y Billings, y ya yo no sabía por dónde estábamos. Lo más preocupante era algo sobre Oriente en el nombre de la compañía de aviación: Northwest Orient. ¿A dónde rayos iríamos a parar?

En el avión yo era blanco de todas las preguntas de los chicos que iban conmigo. A todos les decía que yo sabía dónde estábamos y que pronto llegaríamos, aunque no tenía ya la menor idea de dónde nos encontrábamos. Por fin, el avión aterrizó en Butte, Montana. El aeropuerto consistía de dos hangares en forma de U invertida y para de contar. Empezó a nevar, y los cubanitos nos dimos a la tarea de perseguir los copos de nieve para atraparlos. Era nuestra primera experiencia con la nieve.

Mr. Flanigan, un trabajador social, nos montó en su "pisicorre" como los cubanos le decimos a las camionetas, para llevarnos a Helena, la capital, donde iríamos a un orfanato. La nieve se empezaba a acumular, se hizo de noche, y el paisaje afuera era de pinos como los arbolitos de Navidad. Nos sentíamos con miedo y enfermos. Casi todos, inclusive yo, vomitamos por las ventanillas.

Un sauce llorón fue lo primero que vi del orfanato, que era de ladrillos rojos. Yo nunca había visto
edificios así en Cuba. La puerta se abrió con un cru-
jir, y yo, por ser el líder, pasé adelante. Una monja
muy alta se acercó a mi para darme un bofetón. No,
no se trataba de eso, al contrario, era para poner su
mano en mi cuello en tono de bienvenida, pero yo
estaba petrificado de ansiedad y enfermo.

Me separaron del resto de los niños y me llevaron al tercer piso. Tenía fiebre y podía oír las voces de niños en inglés desde los otros pisos. Vino un cura a darme la extremaunción pues me estaba muriendo. El cura me dice que si deseo un helado. Pensé que era mi última voluntad. Digo que sí, y ¡acto seguido el cura botó el helado por la ventana! Me di cuenta de que estaba en manos de un sádico monstruo.

Resulta que en Montana uno guarda alimentos afuera en el invierno por el frío que hace. El cura, además de cura, era médico, y no me estaba dando los últimos ritos de la Iglesia ni mucho menos, me está examinando la garganta. El helado ¡lo había puesto afuera en espera de que yo me sintiera mejor para comérmelo!

Panchito y Nuchi, como eran conocidos en Cuba, con sus
padres, al fin del año escolar de 1956.

La Habana, 1953

Tiempos felices con la familia unida.

De izquierda a derecha: Mike Hammond, Pat Hammond, James Hammond, Nieves (Nuchi) Rodríguez, Margie Hammond y Francisco Rodríguez. Foto tomada por Eva Hammond camino a la iglesia un domingo.

Pat con Casey y Pancho.

Eva con Nuchi.

Panchito y Nuchi.

Pancho con Jim y la
abuela Ruth.

Fotos de Montana.

Libby, Montana. Navidad 1961. Gato: Little Boy, Perro: Casey.

Libby, Montana. Verano 1962, Río Kootenai. Con Pat, la cual murió unos años más tarde.

De regreso a Miami. Ya en 1967, los padres eran maestros de las escuelas públicas y los hijos iban a la universidad.

Benjamin, Janet Lee y Frankie Rodríguez, hijos de Pancho, en la fiesta de quinceañera de Emely, hija de Nuchi, en Miami, en 1996.

Xavier Rodríguez, hijo de Pancho, es hoy maestro de estudios sociales en Arizona.

Visita de Pancho con sus hijos a Montana en 1988.

"Pancho Montana" y su esposa, Magali Iglesias, trabajan hoy haciendo libros en español.

4

Libby

Unos días más tarde, una pareja de nosotros fue ubicada en Helena y las otras tres salimos con Mr. Flanigan camino a ciudades como Whitefish y Kalispell, donde íbamos depositando a los hermanos. Con mi suerte, me tocó la más remota, Libby, población 2,000 habitantes, pueblo de leñadores a veinte millas de Idaho y a noventa de Columbia Británica, Canadá, el condado en la esquina noroeste del estado.

Era el día antes de Halloween cuando llegamos a 111 West Balsam Street, a la casa amarilla del plomero James Hammond, dueño de Libby Plumbing and Heating. En Cuba, un plomero no es tan importante como en Montana. Los plomeros en el Norte se ocupan de la calefacción, y si a uno se le rompe una cañería de calefacción en un invierno de Montana, tiene uno un gran problema.

Le contaba yo a Eva, su esposa, que ellos eran ricos, y ella pensaba que le estaba tomando el pelo. Le dije que eran dueños de su casa, pero me dijo que la estaban pagando aún. Le dije que tenían un camión, pero me dijo que no habían terminado de pagarlo. Le dije que tenían su propio negocio, y que en Cuba, el que tuviera casa propia, automóvil propio y un negocio propio era rico.

Mi primer día de clases en el A.A. Wood Junior High School sería memorable. Como venía de Cuba, pensaron darme dos períodos de "Study Hall" al día para hacer mis tareas en vez de lo usual que era uno. Así que mientras otros iban a la clase de la banda musical, yo no. ¡Nadie me preguntó si yo sabía leer música. De hecho, podía leer música mejor que leer inglés, pues había estudiado piano siete años!

En la clase de aritmética saqué cero ese día. En Cuba, la maestra dictaba el examen y entonces uno se ponía a hacer los problemas. Pero aquí, la maestra dictaba los problemas uno a uno y la gente los hacía uno a uno. Cuando me aprestaba a contestar el primer problema era hora de entregar los papeles a la maestra.

Sello del Estado de Montana.

En la clase de estudios sociales, abrí el libro, y vi en la contraportada el sello del estado de Montana. Decía en español *"ORO Y PLATA"*. Así que los españoles han pasado por aquí, pensé orgulloso. Claro, Montana quiere decir Montaña. Mi abuelo Víctor es montañés, como se le dice a la gente de Santader, Cantabria, España. Mi abuelo había salido solo de España para Cuba a los catorce años de edad, a irse a trabajar con dos hermanos en Pinar del Río, Cuba.

Mis pensamientos me llevaron a mi isla. Cual fue mi sorpresa al dirigirse a mí el maestro y decirme que estaban estudiando precisamente la Guerra Hispanoamericana, la Guerra de Independencia de Cuba.

Sinking of the Battleship Maine
in Havana Harbor

El maestro dio su clase, y me preguntó que qué se decía en Cuba de esta guerra. Le dije que decían que los norteamericanos habían volado el acorazado Maine ellos mismos para provocar la guerra contra España. Otra versión era que los mismos cubanos lo habían hecho para forzar las cosas.

El maestro pudo usarme de ejemplo de varios puntos de vista. Nadie en Montana podía creer que el mismo gobierno pudiese matar a sus marineros, pero es así como se cuenta la historia en otras partes.

En la clase de geografía, gracias al béisbol no tenía ningún problema. Sabía más que nadie. Sorprendentemente, en la clase de ortografía, gracias a que algo así como el cuarenta por ciento de las palabras del inglés vienen del latín, podía yo deletrear palabras difíciles mejor que los pobres americanitos que tenían que descrifrarlas todas como mejor pudieran.

En la Iglesia, era el monaguillo que mejor pronunciaba el latín, así que me empecé a dar cuenta de que saber español me hacía alguien distinto. Esto me hizo sentir bien.

James Hammond era alguien fabuloso, un alma de Dios. Era idéntico a Abraham Lincoln, en el físico y en el modo de ser. Sería mi padre postizo por un tiempo, pues yo no sabía cuándo vería al mío. Le gustaba ir de cacería, aunque nunca cazaba nada. En Libby se veían alces, osos y venados con regularidad. Jim era campeón de tiro de pistola, y muchas veces me llevó a campeonatos.

En uno de ellos fui a Spokane, Washington. A la sazón había un juego de pelota, y el receptor era ¡René Friol, el catcher de los Tigres de Marianao de la Liga Invernal de Cuba! Jim también me llevaba los sábados a las obras donde él colocaba y soldaba las cañerías y ductos de calefacción. Le encantaba estar presente cuando yo aprendía una palabra nueva o algo nuevo sobre la vida en los Estados Unidos. La primera vez que me dio café, me salió de la boca decir en español "Agua caliente". Se murió de la risa al ver lo que yo pensaba del café americano, que es mucho más débil que el cubano.

En Montana, el invierno es largo y las noches también. Comienza a nevar en octubre, así que la temporada de fútbol es corta. Pero la de baloncesto es larga. Todo Libby sigue de cerca al equipo de la escuela superior. En el invierno de 1961-62, Libby fue al torneo estatal en Kalispell. Jim le pidió a su hijo Mike que hiciera espacio para mí en el automóvil de sus compañeros. Yo iba muy callado porque los amigos de Mike eran todos de 16 y 17 años de edad, y yo era un "pegado" que iba solamente por la intervención de Jim. Paramos en casa de unos amigos de la familia.

La atmósfera del torneo se comparaba a la Serie Mundial. En la arena sonaba la banda de música entonando la pieza "Notre Dame Fight Song". ¡Qué sonido el de los trombones y las trompetas! Sólo conocía yo estos sonidos de los entierros militares que pasaban al lado del Colegio La Luz desde la Funeraria Caballero hasta el Cementerio de Colón en La Habana. Pero ahora los instrumentos de viento tenían un color muy alegre.

En el último segundo del último juego, tras una semana de emociones, Libby encestó el gol ganador y se coronó campeón.

Los niños en Montana querían saber mucho de Cuba.
Les gustaba oír el español hablado.

El viaje de regreso a Libby fue uno lleno de recuerdos de la semana. Yo ni sabía lo que era un torneo antes de esto. Yo jugaba básquet en Cuba, pero esto sí era en serio. En el pueblo hubo muchas celebraciones. Siempre pensaba que estaba en una película.

En mayo, al fin se derrite la nieve, y todo se vuelve fango. El frío todavía permanece hasta julio. En eso llegó otro niño cubano a Libby. Era Francisco Díaz y su hermana María. Cada vez que nos juntábamos, los niños nos pedían que habláramos en español. Nos hacían preguntas tontas como: ¿Hay teléfonos en Cuba? ¿Todo el mundo se llama Francisco en Cuba?

5

La vida en Montana

Eva nos hacía tomar aceite de hígado de bacalao
por el rudo invierno.

Jim me llamaba Pancho con mucho cariño. Me compraron un gatito que bauticé Paco. Paco y Pancho son apodos de Francisco. Paco vino a acompañar a Little Boy, un gato gordito que se pasaba la vida al lado del vidrio de la ventana de la sala. La ventana daba para la calle que ni se veía por la cantidad de nieve que acumulaba el arado que pasaba a limpiar de vez en cuando. Del techo de la casa se hacían estalactitas de hielo.

Los domingos íbamos a la Iglesia. En esa época no se desayunaba antes de ir a la comunión, así que yo me desmayaba. El cura dio permiso para que me dieran de comer.

A mi tía Nilda se le ocurrió mandarme aceite de hígado de bacalao desde Miami para que no me enfermara. Qué suerte tiene el cubano, pensaba, tener que dispararme esta bazofia cortesía de Nilda.

¿Qué eran estas cosas negras flotando en un mar blanco?

Se me ocurrió decir que me gustaba el arroz con leche. Un día, Eva nos sorprende con un plato de leche donde flotaban unas cosas negras. Era literalmente arroz con leche, no el postre que yo amaba, eran pasas en un mar blanco. No sé de dónde sacó Eva la receta, pero yo, por ser diplomático, dije que me gustaba mucho, y Mike y Patricia, los hijos de los Hammonds que vivían allí, llegaron a odiar al plato o a mí, no sé.

Por si fuera poco, se me había ocurrido también decir que me gustaban las ostiones. En Cuba mi abuelo Víctor abría las conchas y las comíamos directamente con limón. Pero un día, Eva puso en la mesa unas cosas que parecían croquetas. No sabía lo que eran, pero resultó que eran ostiones del Japón que venían en latas y se empanizaban. Con frecuencia me las hacían, y Mike y Pat se levantaban de la mesa.

Llegó la temporada de béisbol y me apresté a jugar en el equipo de los Cachorros. Como era nuevo, me pusieron a jugar el jardín derecho, en las pocas ocasiones que me dejaban jugar, o a batear de emergente. Los chicos eran todos mucho más altos y grandes que yo. La bola viajaba a velocidades desconocidas para mí. La gente decía que los cubanos eran tremendos jugadores de pelota, así que yo no podía dejar caer a mi país.

Cuando el pitcher lanzaba, me quedaba yo en mi lugar, y si me daba un golpe la pelota, mejor, porque me embasaba. De todas maneras, lo que yo quería era dar un hit de verdad. Trabajo me costó.

Una vez un fly vino a mí y se me salió la bola del guante. Sin titubear, lancé la bola a la segunda base. Me sorprendió que el coach me felicitara por la rápida recuperación. Me dijo que lo importante era que no había dejado que esto me perturbara.

En junio, fui de pesca de trucha en un lago. Mi primera experiencia. Me quemé del sol, pero la experiencia de pescar desde un bote de alumino de motor me pareció única. En julio fuimos a una finca propiedad de Jim. Tenía una cabaña de madera y dos lagunas. En la laguna vi castores y truchas.

En eso llegó un telegrama con la noticia, el 4 de julio de 1962, que ¡mis padres y abuelos maternos habían llegado a Miami desde Cuba!

Le digo a todo el mundo que me voy. Me preguntan: "Are you leaving for good?" ¿Qué es eso de que si me voy para bien? Espero que sí, que sea para bien. Es que en inglés quiere decir que si me voy para siempre.

Ansío ver a mis padres. De regreso por Minneapolis, esta vez el avión para en Chicago. El vuelo de Chicago a Miami está repleto de gente que habla español. Me suena raro el idioma.

Llego a Miami y me siento como un extraño entre mi familia. Se me ha olvidado el español. Siento un calor asfixiante. Somos refugiados y tenemos que vivir en dos cuartos. *Los niños del barrio me dicen "Pancho Montana".*

Epílogo

De regreso a Miami estudié el noveno grado en el Ada Merritt Junior High School de Miami, donde recibí el apodo, pues los demás niños eran casi todos recién llegados de Cuba mientras que yo tenía una experiencia diferente, habiendo vivido en un lugar muy lejos y extraño para un cubano.

También, a causa de que podía hablar inglés mucho mejor que los recién llegados, siempre fui llamado a ayudar a los estudiantes que comenzaban a enfrentarse al nuevo idioma.

Me volví a sentir muy cubano en este elemento, y volví poco a poco a recobrar mi lengua española, yendo a obras en el Teatro Martí del barrio, viendo películas en español, y oyendo la patriótica radio cubana de la ciudad.

Mis dos abuelos maternos morirían en poco tiempo. Pero tuve tiempo para comparar notas con mi abuelo Víctor, quien había salido de España para Cuba a los catorce años de edad. Víctor llegaría a aprender algo de inglés, en su tercer país, y murió muy orgulloso de cómo yo me había desenvuelto en Montana.

Mi padre, que había sido ingeniero en Cuba, tuvo que tomar el trabajo que pudiera encontrar para poder ganar dinero. Su primer trabajo fue en un supermercado en la calle 36 del northwest de Miami. Yo lo ayudé una vez vendiendo arbolitos de Navidad en el parqueo.

Entonces, se le ocurrió estudiar en la Universidad de Miami para llegar a ser maestro. Le tomó varios años, pero lo logró, y fue maestro por muchos años en las escuelas públicas.

Mi madre había estudiado mucho toda su vida, pero no había estudiado inglés. Le tomó aprender inglés siete años de estudio. Entonces, también se hizo maestra. Ella en Cuba había sido maestra, y esto es lo que más le gustaba hacer en la vida.

Mi madre en Cuba era farmacéutica del hospital público Calixto García en las mañanas. Por las tardes era maestra de música en la escuela pública Valdés Rodríguez. Por las noches era profesora de matemáticas de la Escuela de Comercio de Marianao, pública también.

De su lado había yo aprendido el amor patrio y el valor de la educación. En Montana, había olvidado mi lengua y mi familia en menos de un año. Parece que en un intento por no sufrir, había bloqueado de mi mente todo lo que me recordara de mi país. Había un niño coreano en Montana, que había sido adoptado por una familia de allí. Él también había salido de su país, Corea, a causa del comunismo. Pero, él había sido adoptado, y ya no hablaba coreano. Me parece que yo pensé que yo tendría un destino similar.

Llegué a casarme y a ser padre de tres hijos y una hija. Pude entonces razonar lo difícil que habrá sido para mis padres dejar ir a sus hijos sin saber hacia dónde irían a parar. Sólo la más extrema necesidad puede impulsar a alguien a tomar medidas como éstas.

Notas

p. 6: La Operación Pedro Pan, fue un esfuerzo secreto de sacar niños de Cuba con tal de que no vivieran bajo el gobierno comunista, no importa si saldrían sin sus padres.

p. 6: Toma sólo 35 minutos volar de Cuba a Miami.

p. 11: El Matecumbe era un campamento de los Boy Scouts en ese tiempo.

p. 18: Butte es donde queda la mina de cobre Anaconda, que es un enorme hoyo.

p. 19: Flanigan trabajaba para Catholic Charities. El gobierno de EE.UU. mediante la iglesia católica y otras iglesias y organizaciones de ayuda a refugiados, administraba el dinero que iba a personas que se ocuparan de los niños Pedro Pan.

p. 33: Los Hammond han seguido en correspondencia con los Rodríguez por treinta y tantos años. En 1988, Pancho, su madre y sus hijos regresaron a Libby, Montana. La familia Rodríguez vive eternamente agradecida por la asistencia de los Hammond y del pueblo norteamericano a los niños cubanos.